Fiche de lecture

Document rédigé par Antoine Baudot
Maitre en écriture et analyse cinématographique
(Université Libre de Bruxelles)

La Planète des singes

Pierre Boulle

lePetitLittéraire.fr

LePetitLittéraire.fr c'est :

Plus de 500 livres analysés

De manière claire et synthétique

Téléchargeables en 30 secondes

Pierre Boulle
La science au service de la littérature

- **Né en 1912 à Avignon (France)**
- **Décédé en 1994 à Paris**
- **Quelques-unes de ses œuvres :**
    - *Le Pont de la rivière Kwaï* (1952), roman
    - *Contes de l'absurde* (1953), recueil de contes
    - *La Planète des singes* (1963), roman

Ingénieur de formation, Pierre Boulle est un auteur prolifique et un ancien militaire médaillé. Durant la Seconde Guerre mondiale, il est mobilisé en Indochine. Engagé dans les services secrets anglais, il finit par être capturé par les Japonais et condamné aux travaux forcés. À la fin de la guerre, il retourne à Paris, mais le quotidien insipide l'angoisse. Il décide alors de se consacrer aux Lettres.

Il écrit son premier roman *William Conrad* en 1950 en s'inspirant d'auteurs tels que Rudyard Kipling ou Joseph Conrad. C'est avec *Le Pont de la rivière Kwaï*, un roman d'aventures d'inspiration autobiographique qu'il connait le succès. Mais son chef-d'œuvre est sans conteste *La Planète des singes*.

Cet auteur est doté d'un vif esprit critique, d'une soif de liberté, d'un sens aigu de l'observation et de l'anticipation. Il signe une trentaine de romans, de nombreuses nouvelles, mais aussi quelques essais, ainsi qu'une pièce de théâtre adaptée de son premier roman.

La Planète des singes
Un chef d'œuvre de la science-fiction française

- **Genre :** science-fiction
- **Édition de référence :** *La Planète des singes*, Paris, Pocket, 2014, 191 p.
- **1re édition :** 1963
- **Thématiques :** singes, humanité, voyage spatial, dominance, évolution, science

La Planète des singes raconte l'histoire d'Ulysse et de ses compagnons qui découvrent une planète semblable à la Terre où les singes ont évolué au point de dominer les hommes.

Le roman est écrit dans un contexte mondial particulier auquel il emprunte différents thèmes :

- la recherche spatiale passionne à cette époque, et Youri Gagarine vient tout juste d'être envoyé dans l'espace (1961) ;
- la guerre du Viêt Nam bat son plein (1954-1975). Le roman la critique indirectement ;
- le combat pour les droits civiques contre la ségrégation raciale est au centre de l'attention, thème que l'on retrouve également dans le roman.

Ce livre a fait l'objet de huit adaptations au cinéma, de deux séries télévisées et de plusieurs bandes dessinées.

RÉSUMÉ

SITUATION INITIALE

Dans le système solaire de Bételgeuse, sur la lointaine planète Soror, vivent des hommes et des femmes en tout point similaires aux terriens. À force d'imitations et d'observations, leurs singes domestiqués, qui ont fait l'objet de nombreuses expérimentations scientifiques, commencent à communiquer les uns avec les autres et à comploter la nuit dans leurs cages pour prendre le pouvoir. Chimpanzés, gorilles et orangs-outangs s'organisent pour finalement réduire en esclavage l'espèce humaine. Ces hommes et femmes, déjà affaiblis par une longue période de paresse intellectuelle, sont relégués progressivement au rang d'animaux sauvages. Les hommes prennent la place de leurs anciens sujets d'expérimentation et se mettent à les redouter comme ceux-ci les craignaient auparavant.

Des milliers d'années plus tard, en 2500, un couple de touristes de l'espace repêche une bouteille dans le cosmos contenant le récit d'Ulysse Mérou. Le narrateur est un journaliste terrien qui a embarqué à bord d'une expédition spatiale scientifique à destination de Bételgeuse. Ce message raconte l'expédition d'Ulysse, du professeur Antelle et du jeune assistant Levain, au cours de laquelle ils ont découvert la planète des singes – l'histoire du roman.

L'EXPLORATION DE LA PLANÈTE DES SINGES

Après un voyage spatiotemporel de deux années (selon les lois de la relativité, deux années pour eux équivalent à 700 ans sur la Terre), le groupe, accompagné de leur petit singe, pose le pied sur Soror. Ils découvrent avec étonnement que l'atmosphère est semblable à celle connue sur Terre, qu'on y trouve de l'eau, de la végétation luxuriante et même des êtres humains. Ceux-ci les intriguent d'autant plus qu'ils se comportent comme des animaux. Ils ne sont dotés d'aucune intelligence et ne semblent pas avoir de conscience. La première humaine qui les approche est une jeune fille qu'ils baptisent Nova. Ulysse tombe immédiatement sous son charme sauvage.

S'ensuit une série d'observations sur le comportement étrange de ces humains : premièrement, aucun de ces hommes, femmes et enfants ne parle ou ne sourit. Ensuite, la réaction la plus étrange est la violence dont ils font preuve à la simple vue de vêtements ou de tout autre signe rappelant le monde civilisé. Très vite, les voyageurs sont confrontés à la brutalité et à la sauvagerie de la planète au cours d'une partie de chasse où l'homme est le gibier, et le gorille le chasseur.

Dans le tumulte, Levain est tué, le professeur Antelle disparait et Ulysse est capturé. Ce dernier découvre avec stupéfaction une société de singes évolués, semblables à l'homme dans leurs gestes, leurs mimiques, leurs vêtements et leurs technologies. Il s'agit bien de singes qui agissent et évoluent naturellement comme des hommes modernes et non pas d'un déguisement.

EN CAPTIVITÉ

Ulysse est enfermé aux côtés de son amie sauvageonne Nova dans un institut scientifique. Des gardes gorilles les nourrissent, lui et d'autres prisonniers. Des orangs-outangs et des chimpanzés scientifiques l'observent et le font participer à des expériences comportementales, similaires en tout point à celles que les hommes faisaient endurer aux singes de laboratoire. Finalement, Ulysse comprend que le but des recherches menées concerne la reproduction sexuelle.

Au cours de sa captivité, Ulysse fournit des efforts considérables pour prouver son intelligence, son humanité, son langage et ses capacités de raisonnement. Il attire bien vite l'attention de Zira, un chimpanzé femelle, et de Zaïus, l'orang-outang responsable de l'institut. Son esprit borné et cloisonné par des stéréotypes arriérés ne perçoit en Ulysse qu'un humain savant, imitant simplement le comportement des singes évolués ; en revanche, Zira décèle rapidement le caractère unique d'Ulysse en comparaison à tous les humains qu'elle a pu côtoyer jusqu'ici en laboratoire. Le temps passe et la communication entre ces deux derniers s'améliore nettement. En lui prouvant ses connaissances scientifiques et en apprenant la langue des singes, Ulysse explique qu'il est un terrien à une Zira compréhensive et enthousiasmée par cette découverte surprenante.

RÉVÉLATIONS

Zira libère Ulysse et le promène en laisse dans la ville, ceci afin de ne pas choquer les habitants. Elle a tôt fait de le présenter à son fiancé Cornélius, lui aussi scientifique. Celui-ci accepte d'aider Ulysse à se présenter à un congrès scientifique où il pourra révéler au grand jour la vérité. Il prépare son exposé en emmagasinant un maximum d'informations sur la vie des singes, sur le fonctionnement de leur société (divisée en castes) et sur le langage parlé.

Ulysse vit désormais chez Zira et Cornélius. Lors d'une visite au zoo, il aperçoit avec tristesse le professeur Antelle déshumanisé, méconnaissable. Le grand savant réputé est désormais un sauvage amnésique complètement vidé de toute forme d'intelligence.

Le programme du congrès consiste à démontrer les progrès des études sur les hommes, en les livrant à des tests basiques d'intelligence. Ulysse profite alors de son passage sur l'estrade pour prendre la parole. Il explique à l'assistance composée des singes scientifiques d'où il vient et que sur Terre, ce sont les hommes qui sont évolués et les singes qui sont restés à l'état sauvage. Il leur fait également part de ses péripéties depuis son arrivée sur leur planète, pour enfin proposer une alliance entre leurs races. Suite à ce discours, le grand Conseil de Soror décide de le libérer.

À présent, Ulysse occupe un appartement confortable, et est autorisé à se promener librement dans la cité. Zaïus a été limogé et Cornélius promu à sa place. Il étudie à présent les humains et constate avec satisfaction que Nova est de loin la plus intelligente d'entre tous.

Un jour, Cornélius invite Ulysse à le rejoindre, lui et Zira, sur un site de fouilles archéologiques où des ruines ont été découvertes. Celles-ci, vieilles de 10 000 ans, apportent la preuve de la présence d'humains évolués : une poupée humaine, habillée et qui parle. Cornélius sait maintenant que les hommes ont dominé la planète avant les singes, exactement comme Ulysse en était persuadé. Il se rend compte que les singes ont imité leurs anciens maitres sans jamais être capables d'innover, mais reste toutefois persuadé qu'un jour les singes surpasseront les hommes. Ces réflexions intenses mettent Ulysse à mal et le clouent au lit pendant un mois.

Après sa convalescence, on lui apprend que Nova est enceinte de six mois. Zira avait été dans l'obligation de la cacher, car si le Conseil avait appris cette grossesse, elle et Cornélius auraient été renvoyés, et Ulysse aurait perdu son traitement de faveur.

Hélius, un collaborateur de Cornélius mène des recherches encéphaliques au cours desquelles il réussit à stimuler des zones du cerveau humain. Il neutralise, par exemple, la sensation de faim chez un sujet ou impute à un autre la notion de reconnaissance des formes et des distances. Si la plupart de ses sujets ont vu leurs comportements primaires modifiés suite à ces trépanations, un couple de sujets mérite une attention plus particulière : Hélius est parvenu à réactiver en eux une partie du cerveau leur permettant de parler et de se souvenir. Ces humains « réactivés » décrivent alors précisément ce qui est arrivé le jour où les singes ont pris le pouvoir.

RETOUR SUR TERRE

Quelques jours après la naissance de son fils, Ulysse rend visite à Nova qui a accouché. À trois mois, l'enfant pleure comme un bébé singe : tout porte à croire qu'il parlera. La situation est très grave, car le grand Conseil fera tout pour s'en débarrasser afin d'assoir définitivement le pouvoir des singes sur les hommes. Il est alors temps de fuir pour regagner le vaisseau spatial, toujours en orbite autour de la planète des singes. Ulysse, Nova et leur enfant Sirius regagnent la navette et cheminent vers la Terre.

Durant leur voyage de deux années, Nova évolue prodigieusement au point de devenir pratiquement normale, ou en tout cas, moins sauvage et animale qu'auparavant. À leur arrivée sur Terre, Ulysse, Sirius et Nova atterrissent à Paris. Une silhouette en uniforme vient les accueillir : c'est un gorille.

ÉTUDE DES PERSONNAGES

LES HUMAINS

Ulysse Mérou

Journaliste peu connu, Ulysse Mérou tient un rôle d'observateur et de chroniqueur durant toute la première partie du récit. Il décrit le voyage, ses compagnons, leurs découvertes et la société des singes. Il subit bien plus qu'il n'agit.

Charmeur et cultivé, c'est grâce à ses connaissances qu'il parvient à s'en sortir. Il connait un véritable retournement de situation lorsqu'il acquiert sa liberté après sa déclaration durant le congrès : il devient collaborateur scientifique et mène des actions décisives lui conférant une influence importante.

Doté d'un bon sens relationnel, il parvient à trouver en Zira et Cornélius de précieux alliés. Vers la fin du roman, quand il devient père, Ulysse se sent investi d'une mission presque divine. Déjà orgueilleux au départ, il se sent devenir le nouvel espoir de l'humanité.

Antelle et Levain

Savant, chef d'expédition, mais aussi misanthrope, le professeur Antelle a financé, conçu et supervisé la construction du vaisseau cosmique. Astrophysicien, passionné de biologie, il impressionne Ulysse par l'étendue de ses connaissances. Il se fait malheureusement capturer par les gorilles qui l'envoient dans un zoo. Là, il perd ses capacités intellectuelles et finit par ululer comme le font les hommes habitant sur la planète des singes.

Jeune physicien, Arthur Levain est l'assistant du professeur Antelle. Il se fait tuer par les gorilles durant la partie de chasse au début du roman.

Nova

Nova est une splendide jeune fille née sur Soror. Comme ses semblables, elle est seulement animée par l'instinct animal. Quand Ulysse travaille pour l'institut, elle apprend à parler et se révèle très douée et intelligente. Son instinct maternel se développera avec la naissance de Sirius.

LES GRANDS SINGES

Zira

Zira est un chimpanzé femelle scientifique, en couple avec Cornélius. Elle travaille à l'institut scientifique et comprend très vite qu'Ulysse n'est pas un homme comme les autres. Principale alliée de celui-ci, elle l'héberge, le nourrit et cache la naissance de son fils pour le protéger du grand Conseil. Elle est décrite tantôt comme une sœur, tantôt comme une mère.

Sa relation avec Ulysse évolue au cours du récit. Dans un premier temps, elle l'observe comme un sujet scientifique, elle analyse son comportement et prend des notes. Quand elle parvient à communiquer avec lui, elle l'héberge et l'aide dans sa quête. Ils entretiennent alors une relation plus forte et plus complexe.

Zaïus

Zaïus est l'orang-outang responsable de l'institut scientifique. Au début, il est décrit comme un personnage important et respecté : « Il m'apparut comme un vieux pontife, vénérable et solennel. » (p. 72) Mais son esprit borné et cloisonné par des stéréotypes arriérés le pousse à voir en Ulysse un humain savant, imitant simplement le comportement des singes évolués. Dès lors que la société des singes reconnait en Ulysse plus qu'un simple imitateur, Zaïus est limogé.

Cornélius

Chimpanzé scientifique spécialisé en biologie, Cornélius est le petit ami de Zira. Il découvre la preuve de l'existence d'une société humaine évoluée sur Soror, bien antérieure à celle des singes actuels. Il demeure convaincu que les singes dépasseront l'homme par leur faculté d'innover. « Il est partagé entre son amour de la science et son devoir de singe » (p. 159). Il aide Ulysse, mais en devient progressivement jaloux. La relation entre Zira et ce dernier l'insupporte et il exprime son ressenti en se montrant de plus en plus froid et hautain avec lui.

Hélius

C'est un jeune chimpanzé scientifique, collaborateur de Cornélius. Il mène des recherches sur le cerveau humain. Au cours de l'une de ses expériences, il ravive la mémoire des hommes et découvre l'origine de la planète des singes.

CLÉS DE LECTURE

SCHÉMA ACTANCIEL

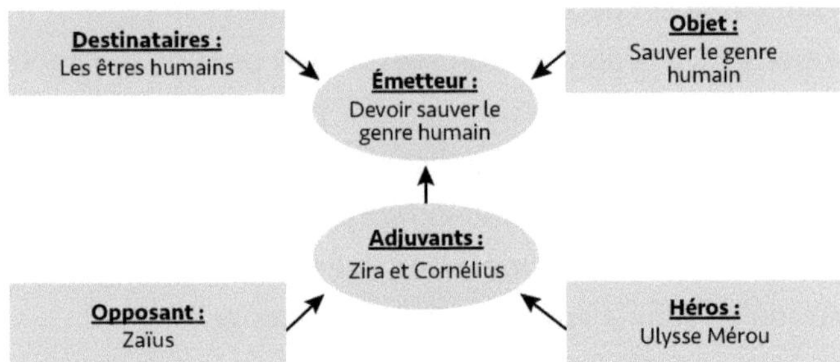

SCHÉMA NARRATIF

Situation initiale : c'est le début de l'histoire, le moment où l'on plante le décor et où l'on présente les personnages ; la situation est équilibrée, c'est-à-dire qu'elle n'a aucune raison d'évoluer.

- Ulysse Mérou, le professeur Antelle et Arthur Levain réalisent une expédition spatiale scientifique dans le système solaire de Bételgeuse sur la planète Soror.

Élément perturbateur : c'est un évènement qui vient perturber l'histoire.

- Les singes organisent une chasse à l'homme durant laquelle Ulysse est capturé, Andelle disparait et Levain est tué.

Péripéties : ce sont les évènements provoqués par l'élément perturbateur et qui entrainent la ou les actions entreprises pour résoudre le problème.

- Ulysse et Nova se retrouvent enfermés dans un laboratoire où ils subissent des expériences comportementales. Le héros tente alors de prouver son humanité aux scientifiques pour se faire libérer. Zira s'intéresse à lui et décide de le prendre chez elle. Elle et son fiancé, Cornélius, lui apprennent leur langue et leurs coutumes pour qu'il puisse prouver son intelligence au congrès scientifique. Après son discours, le Conseil de Soror libère Ulysse qui jouit désormais de tous les droits des singes. Il collabore avec les scientifiques et étudie les humains. Lors d'une fouille archéologique organisée par Cornélius, ils découvrent qu'une société humaine existait auparavant et que les singes n'ont fait qu'imiter les hommes sans jamais innover. Cette théorie est soutenue par les recherches du scientifique Hélius qui est parvenu à réactiver la mémoire d'un homme. Ulysse apprend ensuite que Nova est enceinte. Trois mois après l'accouchement, il s'avère que Sirius, leur enfant, est prédisposé à la parole.

Dénouement : il met un terme aux péripéties

- Menacés par la société simienne, Ulysse, Nova et leur enfant Sirius quittent la planète des singes pour retourner sur Terre.

Situation finale : c'est la fin de l'histoire. La situation est stable, comme la situation initiale, mais il y a eu des transformations.

- Ils atterrissent à Paris et découvrent que la Terre n'est plus ce qu'elle était : les singes y ont pris le pouvoir.

LES PROCÉDÉS NARRATIFS

Différents procédés narratifs sont utilisés par Pierre Boulle pour raconter l'histoire de *La Planète des singes* et pour captiver le lecteur :

- le récit enchâssé. Bien qu'Ulysse Mérou soit le narrateur, son histoire est présentée sous la forme d'un message encapsulé dans une bouteille lancée dans le cosmos. Elle est lue par un couple de touristes naviguant dans l'espace. On retrouve notamment ce procédé de narration dit enchâssé dans diverses productions comme dans le roman *Don Quichotte* de Cervantès (écrivain espagnol, 1547-1616) dans lequel un historien raconte l'histoire du célèbre chevalier. *Les Mille et Une Nuits* est un autre exemple de ce type de récit, car il contient jusqu'à trois, voire quatre histoires enchâssées ;
- la focalisation interne. Choisir un héros journaliste n'est pas anodin. Comme le but de son métier est de faire état de la réalité, cela donne une certaine véracité aux faits qu'il observe et relate. De plus, puisque le récit principal est narré par Ulysse à la première personne du singulier, le lecteur est susceptible de s'attacher et de s'identifier au héros.

CRITIQUE DE LA SOCIÉTÉ

La Planète des singes est un conte philosophique où l'enjeu principal est la régression culturelle de l'humanité. Il reprend plusieurs thématiques universelles sous le couvert de la science-fiction. Le roman s'apparente à une satire de l'évolution humaine : l'homme a régressé au rang d'animal sauvage mis en cage tandis que le singe devient l'espèce dominante, civilisée, à l'intelligence supérieure.

Parallélismes entre la société humaine et simienne

À plusieurs reprises, Pierre Boulle emploie des formules familières pour aider le lecteur à mieux comprendre que cette société des singes est en tout point proche de la nôtre. Il donne ainsi aux singes des qualificatifs qui se rapportent normalement aux hommes : « Les gorilles avaient des airs d'aristocrate. » (p. 39)

- On trouve à la tête de la planète des singes un Conseil où siège un représentant de chaque espèce (gorille, orang-outang et chimpanzé). Celui-ci pourrait être comparé à certains gouvernements que l'on connait sur Terre. Le pouvoir est réparti équitablement et les singes ont tous les mêmes droits.
- Les deux sociétés partagent les mêmes technologies : « Ils ont l'électricité, des industries, des automobiles, des avions. » (p. 112)
- La similarité entre l'attitude qu'ont les singes à l'égard des humains est la même que celle que l'on retrouve dans notre société à leur égard. Les hommes sont juste bons à servir les singes dans leurs recherches scientifiques. Certains sont des animaux domestiques,

mais c'est exceptionnel. Exactement comme chez nous où le singe peut servir de sujet d'expérimentation. Le rapport de domination des espèces est respecté.

- Dans cette société, l'homme est considéré comme un être inférieur. Zira et Cornélius seront seuls à croire en l'humain. Le combat qu'ils mènent peut être comparé à celui du mouvement des droits civiques contre la ségrégation raciale, lorsque les Blancs traitaient les Noirs comme des animaux. Ulysse est promené en laisse, mis en cage, exposé, traité comme un être inférieur. Telle Rosa Parks (1913-2005) qui a refusé de céder sa place à un Blanc dans un bus, Ulysse s'est levé et a fait entendre sa voix prouvant qu'il pouvait être traité d'égal à égal.

Différences notoires entre les deux sociétés

Dans ces parallélismes entre nos deux sociétés, il existe également des différences.

- La planète de singes n'est pas divisée en plusieurs nations comme l'est la Terre. On ne trouve donc pas d'armées dans leur société, uniquement des policiers pour maintenir l'ordre et la loi.
- Bien que les singes aient tous les mêmes droits, ils préfèrent rester cantonnés entre membres d'une même spécialité :
    - les gorilles sont excellents dans l'art de donner des directives, de manœuvrer. Ils manifestent une intelligence pratique et ont des rôles de subalternes tels que chasseur ou gardien ;
    - les orangs-outangs représentent les maitres du savoir : « [...] ils sont pompeux solennels, pédants, dépourvus d'originalité et de sens critique, acharnés

à maintenir la tradition, aveugles et sourds à toute nouveauté, adorant les clichés et les formules toutes faites. » (p. 110) ;

    - les chimpanzés, enfin, possèdent davantage un esprit critique et n'ont pas peur de remettre en cause le système.

- Les technologies de la société de singes n'évoluent pas. Elles stagnent. En effet, depuis des milliers d'années, le singe n'innove pas. C'est la fameuse découverte rendue possible par les recherches encéphaliques. Le singe a imité l'homme. Depuis, ils en sont restés au même stade. Tout dans le fonctionnement de la société abonde dans un sens rétrograde. Les orangs-outangs, maitres du savoir et de la science, ont peur du progrès et c'est pour cela que les singes n'ont pu être capables d'inventions. Le personnage de Zaïus incarne cette société réactionnaire et bornée.

Critique de la guerre

Au cours de la lecture, nous notons chez l'auteur une nette volonté de ne doter ses personnages d'aucun sentiment belliqueux. *La Planète des singes* écrit durant la guerre du Viêt Nam est peut-être une réponse à la violence de l'époque de Pierre Boulle.

Certes, le monde dépeint dans le roman est violent : le singe prend plaisir à tuer l'homme, Ulysse est parfois traité assez durement par ses geôliers durant sa captivité, etc. Mais jamais les singes ne se font la guerre, ils ont bâti une société pacifique.

Quand Hélius parvient à réactiver la mémoire et donne la parole aux humains de Soror, la femme évoque le caractère guerrier des singes durant leur coup d'État. Les singes se sont emparés de fouets, et non d'armes à feu. Ce choix justifie la colère des singes d'avoir été traités injustement comme des esclaves. Jamais pourtant, ils n'ont été des ennemis de l'homme. Instrument du dompteur, le fouet n'est pas une arme en soi et peut davantage être considéré comme un objet de l'autorité.

De nature pacifiste, Pierre Boulle imagine un monde où les singes fondent une société nouvelle, une société décrite comme débarrassée des conflits guerriers.

LA NOTION DU TEMPS

À la vitesse de la lumière, le temps des voyageurs de l'espace interstellaire s'écarte du temps de la Terre. C'est la théorie de la relativité restreinte d'Einstein (1879-1955), élaborée en 1905. La gravité a une incidence sur le temps : plus l'on se déplace vite (vitesse de la lumière moins epsilon), plus le temps s'écarte de celui de la Terre. Dès le début du roman, ces notions sont expliquées par le professeur Antelle pour le lecteur profane.

Le voyage d'Ulysse dure deux années qui équivalent à trois siècles et demi sur Terre. Cela explique pourquoi à la fin du roman, quand il retourne sur sa planète, l'espèce humaine a entièrement disparu au profit de celle des singes.

LE DARWINISME

Dans *La Planète des singes*, l'évolution forme une boucle : une espèce déjà existante supplante une autre. C'est un peu comme si une espèce régressait pour permettre à une autre, autrefois inférieure, de prendre le relai. Arrivée au sommet, la nouvelle espèce dominante évolue librement sans l'entrave de l'espèce qui était auparavant supérieure (les hommes). On peut présumer que cette nouvelle espèce évoluée finira elle aussi par régresser et passera le relai à l'espèce inférieure, et ainsi de suite.

Ce faisant, Pierre Boulle reprend la théorie sur l'évolution de Charles Darwin (1809-1882) puisque l'on assiste bel et bien à l'évolution d'une espèce au détriment d'une autre. La grande originalité du roman réside dans le fait que ce sont les hommes qui sont déchus. Les singes apparaissent donc comme l'espèce la plus apte à survivre. Profitant de la faiblesse des hommes, le singe a en effet su tirer profit de son environnement afin de devenir l'espèce dominante et renverser l'ordre établi.

> « Ce n'est pas par suite d'un accident, comme vous pourriez l'imaginer, que nous avons pris leur succession. Cet évènement était inscrit dans les lignes normales de l'évolution. L'homme raisonnable avait fait son temps, un être supérieur devait lui succéder... » (p. 161)

PISTES DE RÉFLEXION

QUELQUES QUESTIONS POUR APPROFONDIR SA RÉFLEXION…

- Les singes possèdent leur propre langage. Citez d'autres titres de science-fiction où c'est également le cas.
- Selon vous, *La Planète des singes* est à classer parmi les œuvres de science-fiction ou de satire ? Expliquez.
- Durant sa captivité, le professeur Antelle, présenté comme un génie scientifique de renom, perd la mémoire et la faculté de s'exprimer. Il est dénué de conscience et retourne à l'état animal. Comment pouvez-vous l'expliquer ?
- Si les singes ont pu évoluer durant des milliers d'années, pourquoi n'ont-ils rien inventé de novateur, pourquoi gardent-ils la même technologie ? Retrouvez les indices dans le récit qui traitent de cette question, commentez-les et imaginez-en d'autres.
- « Ce qui nous arrive était prévisible. Une paresse cérébrale s'est emparée de nous. Plus de livres ; [...]. Plus de jeux ; [...]. Même le cinéma enfantin ne nous tente plus. Pendant ce temps, les singes méditent en silence. Leur cerveau se développe dans la réflexion solitaire... et ils parlent. » (p. 173) Commentez cette citation. Pensez-vous que la paresse intellectuelle soit un problème d'actualité ? Expliquez.
- Le roman est écrit avec un procédé de narration dit enchâssé. Expliquez-le à l'aide d'exemples du livre.

- Comparez la fin du livre avec celle de l'adaptation cinématographique de Franklin J. Schaffner (1968).
- Comment pouvez-vous expliquer le succès du roman ?
- Par quelle autre espèce animale pouvez-vous imaginer remplacer les singes dans le roman ? Trouvez-vous le choix de ces derniers pertinent ?
- En quoi ce roman est-il une satire de l'évolution humaine ? Expliquez à l'aide d'exemples du livre.
- Ulysse et Nova appartiennent tous deux au genre humain, mais sont nés sur des planètes différentes. Comment considèreriez-vous leur enfant ? Développez cette question autour du thème de l'identité.

POUR ALLER PLUS LOIN

ÉDITION DE RÉFÉRENCE

- Boulle P., *La Planète des singes*, Paris, Pocket, 2014.

ADAPTATIONS

- *La Planète des singes*, film de Franklin J. Schaffner, avec Charlton Heston, Roddy McDowall, Kim Hunter et Maurice Evans, 1968.
- *La Planète des singes*, feuilleton télévisé de la chaine américaine CBS, avec Roddy McDowall, James Naughton et Ron Harper, 1974.
- *La Planète des singes*, film de Tim Burton, avec Mark Wahlberg et Estella Warren, 2001.
- *La Planète des singes : Les origines*, film de Rupert Wyatt, avec James Franco, Freida Pinto, John Lithgow et Andy Serkis, 2011.
- *La Planète des singes*, bande dessinée de Daryl Gregory, Carlos Magno, Juan Manuel Tumburus et Nolan Woodard, Paris, Emmanuel Proust, 2012-2013.

www.lepetitlitteraire.fr

ISBN ebook : 978-2-8062-6554-8

ISBN papier : 978-2-8062-6555-5

Dépôt légal : D/2015/12603/262